LA MORT

DU
MARÊCHAL
COMTE DE SAXE.

POËME.

Véritati & Virtuti.

Y+

A DRESDE.

AU ROI.

SIRE,

Les regrets dont *VOTRE MAJESTÉ* a honoré la mort du Maréchal Comte de Saxe, ont déja fait son éloge ; ils m'ont enhardi, SIRE, a faire paraitre sous *VOS* auspices un ouvrage consacré a sa mémoire, j'ose le mettre aux piés de *VOTRE MAJESTÉ* ainsi que les sentiments du profond respect avec lequel je suis,

SIRE,

de VOTRE MAJESTÉ

le très humble & très obéissant
Serviteur
D'ARNAUD.

ARGUMENT.

Douceurs de la Paix, elles n'amolliſſent point le courage du Marêchal Comte de Saxe, fureurs de l'Envie, Deſcription du Temple de la Mort, l'Envie implore ſon ſecours, complot contre la vie du Héros, ſa mort, ſon Apothéoſe.

LA MORT
DU
MARÊCHAL
COMTE DE SAXE.

POËME.

Le Démon de la Guerre assis sur ses drapeaux,
Le front ceint d'oliviers, mélès aux doux pavots,
De sa tranquile main laissant tomber ses armes,
Dans le Sein de la Paix déposoit les Allarmes,
Et replongeoit enfin la Discorde aux enfers.
Ainsi le fier Tiran de l'Empire des Mers,
Eclaircissant ce front chargé des noirs Orages,
Permet qu'un calme heureux succede à ses ravages.

A iij   Les

VI

Les Plaifirs, & les Arts qu'effraïent les combats
Compagnons de la Paix, revoloient dans fes bras.
Ceres ne craignoit plus qu'une main infolente
Ravît à fes guérets leur richeffe naiffante,
Et Flore en fouriant voïoit briller des fleurs
Qui cédant au Printems l'email de leurs couleurs,
Avides d'acquitter leurs utiles promeffes,
Affuroient à l'Eté de fécondes largeffes.
Dans fon humide Char, couronné de rofeaux,
Effleurant le criftal de fes paifibles eaux,
L'Elbe s'applaudiffoit d'un augufte himénée,
Tandis que dans fon cours la Seine fortunée
Alloit redire aux Mers le nom cher & facré
Le nom de ce Grand Roi de l'Europe adoré.
Tout goutoit les douceurs que la fille d'Aftrée
Entraine fur fes pas de la voute azurée,

La

La Paix, l'aimable Paix verſoit dans tous les coeurs

D'un calme ſéduiſant les heureuſes langueurs.

Le Vengeur des Français, ce Saxon dont la Gloire

Retracera toujours l'immortelle mémoire,

Maurice enfin lui meme, endormant ſa Valeur,

Laiſſoit le doux Repos enchainer ſon ardeur.

Ce n'etoit plus ce Mars, ce fier Dieu des batailles,

Qui trainant après ſoi l'horreur des funérailles,

Miniſtre redouté des arrêts du Deſtin,

Dans des ruiſſeaux de ſang plonge ſes bras d'airain,

Court porter l'epouvante aux Villes allarmées,

Et d'un ſouffle ranime, ou confond les Armées.

C'etoit Mars careſſé par la belle Cipris,

Sur ſon terrible front ſe joüoit le Souris,

De Plaiſirs innocens une troupe agréable

Diſputoit à ſes mains le glaive formidable,

Près

VIII

Près de lui voltigeoient les folatres Amours,

L'un le paroit de fleurs qui renaiſſoient toujours,

L'autre dans un Tableau digne de ſon courage

Des Champs de Fontenoi lui préſentoit l'image,

Celui ci demandoit que ſur ce front guerrier

Son bandeau ſuccedât au caſque trop altier,

Celui là qu'excitoit une enfantine audace,

Vouloit que ſon flambeau du glaive prît la place.

Le Héros ſe livroit à leur charme flateur

Sans que leur doux poiſon corrompît ſon grand cœur.

Au milieu des plaiſirs ſon Génie indomptable

Nouriſſoit des combats l'ardeur inſatiable :

Ainſi ſous les dehors d'un Aſpect enchanteur

S'enflamment ces Volcans dont le Sein deſtructeur,

Reçelant tous les traits de la fureur divine,

Pré-

Prépare à l'univers fa chute, & fa ruine.

Ce Monftre empóifonné de fes propres venins,
Qui fait fon defefpoir du bonheur des Humains,
Ce Vautour immortel dont la Haine obftinée
Déchire les Vertus, toujours plus acharnée,
Cette Furie enfin qui par tout nous pourfuit
Jufque dans les Tombeaux que fa fureur détruit,
L'Envie encor plus pâle, & plus envenimée,
Au feul nom d'un Heros, de rage confumée,
De cent regards jaloux dévorant fes fuccês,
Vainement fur Maurice épuifoit tous fes traits.
A fes piès expiroient les flèches de l'Envie;
Sous les fombres poifons de fa bouche ennemie
Les lauriers du Vainqueur de plus d'eclat brillants,
Infultoient à l'Envie, & triomphoient du Tems.

B   Laffe

X

Lasse de contempler tant d'orgueilleux trophées,

D'enchainer dans son Sein ses fureurs etouffées

Elle s'exhale enfin „ eh quoi mes tristes yeux

„ Seront toujours blessès d'un spectacle odieux!

„ Je reverrai toujours une splendeur altiere

„ Frapper de ses rayons ma jalouse paupiere!

„ Assis sur ses lauriers, Maurice goute en paix

„ Le prix dont la Victoire a payé ses hauts faits!

„ Adoré des Soldats, admiré des Rois même

„ Il ne lui manque plus que la Grandeur suprême,

„ Quel Mortel plus heureux ! .... & sa Prosperité

„ Se rira de ma haine avec impunité! . . . . . .

„ Non, je ne puis souffrir ce comble de l'outrage,

„ Servons, servons plutôt de victime à ma rage,

„ De mes serpens cruels repaissons la fureur,

„ Qu'ils dechirent mon Sein, qu'ils devorent mon
cœur,

„ Que

„ Que l'Envie en un mot de ses coups même expire,

„ Ou périsse un mortel…. que moi même j'admire…

„ Je conçois un projet.   Courons l'executer.

Elle dit., Ses serpens ardens à s'irriter

Avec plus de couroux sur son front se hérissent

Et de plus noirs poisons ses veines se grossissent;

Sur un char entouré de la nuit des enfers,

Ses Dragons rugissans l'emportent dans les airs.

Quand l'Esprit créateur étendu sur le Monde

Vînt l'echauffer des feux de son aile féconde,

Qu'il le tira des fers de l'horrible néant,

Qu'il fit luire à ses yeux son Soleil bienfaisant,

Le Chaos entouré de ses voiles funebres

Aux limites du Monde emporta les Tenebres.

C'est là que la Nature à son dernier soupir

B ij

Dans

XII

Dans ſes propres débris parait s'enſevelir,

Cette Terre effroïable , & toujours déſolée,

Du plus faible rayon n'eſt jamais conſolée,

La verdure jamais ne récréa ſes champs,

Jamais des doux oiſeaux n'y réſonent les chants,

De lugubres Ciprês dans leurs feüillages ſombres,

Reçelent de la Nuit les plus epaiſſes ombres,

L'air eſt empoiſonné des plus mortels venins,

Des Tombeaux ſont creuſés ſous les pas incertains,

Sous des Rochers affreux tout ſur chargés de glace,

Que le Tems eternel de ſes mains même entaſſe,

Le Silence, & l'Horreur ſuivis des noirs hivers,

Errent dans les détours de ces triſtes deſerts;

Si quelque bruit s'entend ſur ces bords deteſtables,

Ce ſont des cris plaintifs, des echos lamentables,

De vrais accens de mort, que des torrens fangeux

Qui

Qui roulent les ennuis, & la Peur avec eux,
Repetent mille fois dans leur sombre murmure.

Dans ces sauvages lieux, l'effroi de la Nature,
Un Palais, ou plustôt un immense Tombeau
Frappe l'oeil interdit d'un spectacle nouveau;
Des ossemens blanchis forment sa vaste enceinte,
De larmes, & de sang elle est sans cesse teinte,
Des fantomes hideux voltigent à l'entour,
Une lampe funebre exhale en ce Sejour
Un raïon palissant, dont la lüeur mourante
Eclaire les terreurs d'une nuit effrayante ;
On voit dans leurs lambeaux des Manes menaçans
S'elever des enfers pour troubler les Vivans,
Dans leur main dècharnèe un poignard etincelle,
C'est là que se nourrit la cohorte cruelle

De

De ces maux à qui l'homme en efclave eft lié
Par qui l'orgueil des Rois fe voit humilié,
De là fortent enfin ces fléaux homicides
Qui fous cent noms divers mafquent leurs traits perfi- (des,
Sur des monceaux epars de Thrones renverfés,
De Tombeaux, de cercueils, & de morts entaffés,
S'eleve un Spectre affreux, horrible, epouvantable,
L'oeil ne peut foutenir fon afpect effroïable,
Un voile tout fanglant couvre fon corps hideux,
Son bras toujours levé fur nos jours malheureux,
Son bras toujours armé d'une faulx meurtriere
Appéfantit fes coups fur la Nature entiere.
A fes piés eft écrit „ Peuples, Rois, Conquérans,
„ Héros que la Fortune eleve aux prémiers rangs,
„ Tombés tous confondus aux piès de votre Reine;
„ Tout cede fur la terre à ma loi Souveraine,
„ Tout

„ Tout meurt, tout diſparait ſous mes coups ennemis,

„ Reconnaiſſés la Mort a qui tout eſt ſoumis.

Le Spectre entend ſiffler les ſerpents de l'Envie,

Soudain elle parait du Déſeſpoir ſuivie.

„ O mon unique Azile, Appui de mes projets,

„ O Mort, tu vois l'Envie implorer tes bienfaits;

(ne,

„ Daigne trancher des jours dont l'eclat m'importu-

„ Venge moi de Maurice, & confond ſa fortune;

„ Je ſais trop que victime (a) échappée à tes coups

„ Aux champs de la Victoire il brava ton couroux;

„ Mais l'Ange de la France alors de ſon Aegide

„ Couvroit ce fier vainqueur dont il étoit le Guide,

„ Ce bouclier fatal qui repouſſoit ta main

„ Ne le derobe plus à ſon mortel deſtin;

„ Au-

(a) Le Marêchal Comte de Saxe etoit mourant a la journée de Fontenoi.

XVI

„ Aujourd'hui fans deffenfe, amufant fon courage,

„ Il femble jufqu' à lui nous ouvrir un paffage.

„ Mon fuperbe ennemi pour prix de fes exploits

„ Seroit il affranchi de tes feveres loix!

„ Tant de gloire à fon fort feroit elle promife?

„ Non fans doute, & fa vie au trépas eft foumife.

„ Délivre donc mes yeux d'un fi funefte objet,

„ Qu'il meure, hâte toi de fervir mon projet,

„ Quil meure, les momens font chers à ma vengeance

„ Prens place dans mon char, vien" le Spectre s'elance,

Et vole à fes cotés, precédé de l'Effroi,

Entrainant dans le char tout l'Enfer après foi.

La Défolation, tous les fléaux funeftes,

Marquent leurs pas impurs dans les plaines celeftes,

Partout où le char vole une noire vapeur

Du

Du jour épouvanté fait pâlir la splendeur;

De lugubres eclairs, un Tonnere effroïable,

Que vomit de fes flancs une nuit formidable,

Sur ces bords malheureux répandent la terreur;

L'air même eft infecté d'un poifon deftructeur,

La Nature frémit, la Terre défolée

Se voit en un moment de fes dons dépouillée,

Les oifeaux languiffans tombent du haut des airs,

Les champs font transformès en d'arides deferts,

Le laboureur tremblant court chercher des afiles,

Une foule de maux fe repand dans les villes,

Les peuples confternés levent les mains aux cieux

Tout reconnait la Mort à ces fignes affreux;

Maurice environné de l'eclat de fa vie

Seul ne voit point la Mort, & mêprife l'Envie.

C

Mon-

XVIII

Monſtres où courés vous? barbare Déité

Si tu veux dans le ſang baigner ta cruauté,

Si ton avide faulx demande des victimes,

O Mort, tranche des jours, tiſſus honteux de crimes,

Frappe de vils humains dans la poudre oubliés,

Ces Plebeïens obſcurs dans le luxe noïés,

Ces laches Courtiſans, dont la vaine exiſtence

                  (ce,

Sous l'orgueil d'un grand nom ſe perd dans l'indolen-

Ces indignes Flateurs qui corrompant les Rois,

Détruiſent les Vertus, & renverſent les Loix,

Frappe tous ces Mortels dont la Terre chargée

Attend que de leur poids ta faulx l'ait ſoulagée,

Et reſpecte un Héros ſi cher à mon païs,

A l'univers entier de ſa valeur épris…

                  (pice

Mais on ne m'entend point, nul Dieu ne m'eſt pro-

                  Les

Les deux monſtres deja ſont auprès de Maurice,
Deja le fer ſe leve . . . où me cacher, o Dieux!
La Mort meme ſe trouble, & détourne les yeux,
Elle aproche, & ſon bras que raſſure l'Envie,
Maurice . . . . . C'en eſt fait, il a perdu la vie.

Muſes, qui ſoutenés mes efforts incertains,
Souffrés que vos pinceaux s'echapent de mes mains,
Que pour quelque moment cédant à la Triſteſſe,
De mes ſens éperdus la Doùleur ſoit maitreſſe,
Mieux que l'Art impoſteur, & tous ſes vains attraits,
Les pleurs du Sentiment animeront vos traits.

La promte Déité, qui dans ſa courſe immenſe
De l'un & l'autre Pole embraſſe la diſtance,
Emporte dans ſon vol les eſprits prévenus,
Et tient tous les Mortels à ſa voix ſuſpendus,

C ij

Deja

XX

Deja la Renommée a déployé fon aile,

Tous les coeurs font frappés de l'affreufe nouvelle,

Tout répéte „ il n'eft plus, ce Héros, ce Vainqueur

„ Dont fes Ennemis meme honoroient la valeur.

L'Ange de la victoire au feul bruit de fa perte,

Voit flétrir les lauriers dont fa tête eft couverte.

O tendre Humanité, conferve bien ces pleurs

Dont toi feule reffens, & goutes les douceurs,

Ces larmes que foudain fur cette illuftre cendre

A deux Rois attendris la Douleur fit répandre.

Chafte fille du ciel, & Mere des Vertus,

Bienfaifante Amitiè, tu ne te plaindras plus,

Que les Rois endurcis meconnaiffent tes charmes,

Heureux! fi la Grandeur ne feche point ces larmes,

Et que l'orguëil des Cours permette au Sentiment

De fe montrer fans voile, & fans deguifement.

Le

Le Génie immortel qui preside à la France,

Et celui dont la Saxe adore la puiſſance,

Dépouillant les atours du luxe, & de l'orguëil,

De Ciprés couronnés, en longs manteaux de deuïl,

Des campagnes de l'Air fendent le vaſte eſpace.

Ils viennent admirer un Héros, dont l'audace

Vit encor ſur ſon front, & maitriſe le Sort,

Sans chaleur, enchainé dans le froid de la Mort,

Son cœur parait encor reſpirer pour la Gloire,

Et ſa main demander le fer de la Victoire;

Ils le baignent de pleurs, le preſſent dans leurs bras,

Ils le nomment cent fois l'Arbitre des combats,

Tentent de rapeller ſa grande Ame envolée.

Cependant la Douleur éleve un Mauſolée,

Où l'on doit renfermer la cendre du Héros.

C iij

Tan-

XXII

Tandis qu'avec des pleurs melés de longs fanglots,

A la pâle clarté des flambeaux funéraires,

On emporte au tombeau des dépouilles fi cheres.

Un éclair lumineux, fuivi du plus beau jour,

Entrouvre à l'oeil furpris le celefte Sejour,

Aux regards de la Terre eft enfin dévoilée

L'eclatante Splendeur de la voute étoilée.

On voit, on voit Maurice au rang des Demi-Dieux,

Sa grande Ame s'eleve, & brille au deffus d'eux;

Ainfi d'un cedre altier la tête fourcilleufe

Confond de fes voifins la hauteur envieufe;

D'un laurier immortel fon front eft couronné,

Des rayons de fa gloire il eft environné.

Il boit le pur Nectar, marche fur les nüages,

Et fous fes piés voit naitre & mourir les orages;

La Terre le contemple avec raviffement,

Ce

Ce n'eſt plus un Mortel, c'eſt un Dieu triomphant.

Tel on nous peint Hercule, & ſa gloire brillante,

Quand Jupiter pour prix d'une valeur conſtante,

Lui decerna l'honneur de la Divinité.

Tandis que tant d'eclat fixe l'oëil enchanté,

Sur les ailes des vents un bienfaiſant Génie

Apporte ces accens à l'oreille ravie.

(cœur,
„ O Saxe, & vous o France auſſi chere à mon

„ Banniſſés toutes deux une vaine douleur;

„ Les Dieux m'ont élevé parmi ces grandes Ames

„ Qui brulant comme moi de genereuſes flâmes,

„ Ont ſu par un eſſor au deſſus de l'Humain,

„ De l'immortalité ſe fraïer le chemin.

„ Au coup qui m'a frappé, France, ſois moins ſenſible;

„ Je veille encor ſur toi, mon Génie invincible

„ Sur

XXIV.

„ Sur tes drapeaux brillants fera toujours aſſis,
„ Et confondra l'orgueil de tes fiers Ennemis.

Il dît. Du haut des Cieux la flateuſe Eſpérance,
Vole, accourt conſoler & la Saxe, & la France,
Qui rendant au Héros des honneurs immortels,
Au lieu d'un Monument lui dreſſent des Autels,
Et l'encens à la main couronnant ſes images,
Comme au Dieu des combats lui portent leurs
hommages.

www.ingramcontent.com/pod-product-compliance
Ingram Content Group UK Ltd.
Pitfield, Milton Keynes, MK11 3LW, UK
UKHW020911140726
13695UKWH00006B/2464